AF321429

LES GLOIRES

DE

L'AVENIR

PAR

AUGUSTE BRUN

LAURÉAT DE LA VILLE DE PARIS

PARIS

ARNAULD DE VRESSE, LIBRAIRE-ÉDITEUR

55, RUE DE RIVOLI, 55

LES
GLOIRES DE L'AVENIR

I

Autrefois, le trouvère, en ses chants de victoire,
Célébrait tour à tour la légende et l'histoire;
La trompette guerrière animait ses accents;
La muse allait au pas des coursiers frémissants;
Des valeureux exploits, toujours, partout, en quête,
Elle applaudit, joyeuse, à l'esprit de conquête,
Et, cheminant sans crainte à travers les halliers,
Elle tient compagnie à nos preux chevaliers.
Nous la voyons ainsi passer dans la nuit sombre

Qui, sur le Moyen Age, a projeté son ombre.
A l'horizon, l'éclair des glaives apparaît :
C'est l'ère des combats sans trêve et sans arrêt.
Quand les vaincus entre eux pleuraient sur leur défaite,
La muse des vainqueurs était alors en fête ;
Et, dans les bois profonds, le son des olifants
Annonçait le retour des guerriers triomphants !

Tandis que, dans la lutte, on entendait encore
Le bruit du fer tombant sur le fer plus sonore ;
Et les cris des blessés, les plaintes des mourants
Qui jetaient à l'écho leurs appels déchirants ;
Confinés par l'étude au fond des monastères,
Des hommes érudits, penseurs toujours austères,
Découvrant devant eux l'aube d'un jour plus beau,
Pour nous, de la science allumaient le flambeau.

II

D'autres temps sont venus, qu'on célébrait naguère :
Des généraux fameux inspirés par la guerre
Se signalaient aux camps par de vaillants exploits ;

Et le droit du plus fort nous imposait ses lois !

Si du preux chevalier il n'avait pas la taille,
Le soldat grandissait sur le champ de bataille ;
Pour une injuste cause il combattait souvent ;
Des chefs ambitieux lui criaient : En avant !
Le sang coulait... qu'importe ? il fallait satisfaire
Cet orgueil sans mesure et qui veut qu'on préfère
Au bonheur des sujets, l'éclat des royautés ;
Aux gloires du travail, le bruit des vanités !
Dans l'ardeur des combats, comme ils marchaient, stoïques,
Les soldats animés par des chants héroïques !
Quand la mort les couchait sanglants dans le tombeau,
Ils avaient, pour suaire, un pli de leur drapeau !

III

Ces temps-là ne sont plus. Les peuples magnanimes
Dans un esprit nouveau se montrent unanimes ;
Le jour a pénétré dans la nuit des combats ;
La lumière du ciel guide en tous lieux nos pas ;

D'un riant avenir le souffle nous caresse
Et l'hymne du poëte est un chant d'allégresse !

Voici les jours de gloire et les jours de grandeur !
De leur naissante aurore apparaît la splendeur !
L'arc-en-ciel radieux qui succède à l'orage
Donne à tout laboureur espérance et courage !
Comme l'ardent rayon d'un soleil printanier,
La paix vient réjouir le chaume et l'atelier !

IV

Le poëte inspiré, que voit-il en son rêve ?
L'œuvre du Rédempteur qui, parmi nous, s'achève,
Accomplissant la loi d'amour et de bonté
Où Jésus se révèle à notre humanité ;
Il reconnaît la force abritant la justice ;
Le droit qui, de nos jours, trouve un accueil propice,
Et, partout de la guerre arrêtant les fureurs,
Protége les travaux des heureux laboureurs.
O paix ! que nous voyons souriante et sereine,

Tu seras désormais la grande souveraine !

Règne, au milieu de nous, sur le vaste univers !

Ta gloire a des lauriers qui seront toujours verts !

D'abondantes moissons dans nos champs plus fertiles

Vaudront mieux que l'éclat des grandeurs inutiles !

Oui, ta fécondité, nous comblant de bienfaits,

Vient d'un passé lugubre effacer les forfaits ;

Et la Fraternité nous couvre de son aile !

« Chacun pour tous ! » sera la devise éternelle.

Nous marcherons bientôt hors des sentiers frayés

Par les fusils-aiguille et les canons rayés !

V

Compagne plus fidèle à l'humaine pensée

Qui répudie enfin la légende insensée,

La science, au progrès toujours donnant la main,

Sans répandre de sang, a tracé son chemin.

Elle laisse un sillon lumineux sur la terre,

Où vont s'évanouir les ombres du mystère ;

Et, confondant ainsi l'erreur, l'iniquité,

Fait triompher le bien avec la vérité,

La vérité qui sort, pour nous, de tout problème

Quand le savoir sur elle a penché son front blême.

Comment énumérer les prodiges divers

Que la science enfante au sein de l'univers ?

L'ouvrier fatigué travaillant sans relâche,

Par l'œuvre du savant voit alléger sa tâche ;

L'homme a ravi la foudre et conquis la vapeur,

Ce monstre aux pieds de feu dont la routine a peur.

Ouvrant à l'industrie une ère plus féconde,

C'est le rail qui, sans fin, s'étend autour du monde,

Marque au fond des déserts dont l'espace est franchi

Une route nouvelle au commerce affranchi ;

C'est le génie humain abaissant les barrières

Devant la Liberté qui passe à nos frontières

Et, rapprochant entre eux tant de peuples rivaux,

Affermira la paix propice à leurs travaux !

VI

Sur l'Océan profond, ce grand sujet d'études,
Nos vaisseaux vont peupler les vastes solitudes.
L'esprit chrétien pénètre en ces lieux inconnus
Chez des hommes grossiers, errants et demi-nus.
La charité bénie a le don des miracles ;
Un prestige divin s'attache à ses oracles ;
Son pouvoir se révèle en s'imposant au cœur,
Et du mal si puissant il devient le vainqueur !
Comme elle inspire aux siens des dévoûments sublimes !
C'est elle qui franchit les redoutables cimes ;
L'immensité des mers aux lointains horizons ;
Les grands murs de la Chine et ceux de nos prisons ;
Pour affronter la mort, la peste et la famine ;
Consoler l'affligé que sa douleur domine ;
Pour accomplir enfin, en tous temps, en tous lieux,
Sa mission d'amour, sous le regard des cieux !

VII

Saluons l'abondance avec l'agriculture !
Leur puissance enchaînée aux lois de la nature .
Emprunte à nos soldats les bras nerveux et forts
Dont la guerre autrefois consumait les efforts.
Par l'esprit du travail la vaillance est accrue
De ces fiers plébéiens qu'on voit à la charrue.
Sous l'étendard du droit, sans être soudoyés,
Ils feraient bonne garde autour de leurs foyers
Si quelque usurpateur voulait, dans sa furie,
A son ambition asservir la patrie :
A la grandeur du but mesurant les moyens,
Les soldats avant tout, seraient des citoyens !

VIII

Sur le nuage noir qui recouvrait la terre,

Souffle aujourd'hui pour nous un vent plus salutaire.

L'horizon trop borné s'épure et s'agrandit;

Car du progrès au loin le foyer resplendit.

Ses chauds rayons, bientôt, dissipant l'ignorance,

Banniront avec elle, ici-bas, la souffrance

Qu'engendrent la misère et ses maux si nombreux :

Honneur, dans notre siècle, aux hommes généreux,

Combattants dévoués à ces saintes croisades

Où le sombre ennemi se tient aux embuscades !

Vaillants instituteurs, pionniers de l'avenir,

Le peuple vous devra son triomphe à venir ;

Car vous achèverez la tàche commencée,

En assurant, chez lui, l'essor de la pensée !

Édifier l'école et fermer la prison,

C'est affranchir l'esprit pour venger la raison !

IX

Le culte des beaux-arts, favorable au génie,

Soumet l'intelligence aux lois de l'harmonie ;

Il parle, tour à tour, à nos sens enivrés

Des nobles sentiments par le cœur inspirés.

De son feu qui pénètre animant la matière

L'art lui prête à son gré la vie et la lumière.

Il sait émouvoir l'âme en s'adressant aux yeux ;

Célébrer les hauts faits, la gloire des aïeux ;

Les grands noms que partout l'humanité révère ;

Mais, parmi ses héros, faisant un choix sévère,

L'histoire incorruptible a réservé ses droits ;

Et l'art ne sera plus le courtisan des rois !

X

Poëte, prends ton luth pour chanter l'épòpée
Dont l'esprit pacifique a remplacé l'épée !
Rends le monde attentif, et nos cœurs frémissants
Au rhythme harmonieux de tes nobles accents :

XI

HYMNE DES NATIONS

Un beau jour à nos yeux se lève,
Réveillant les échos joyeux;
La Concorde a brisé le glaive :
Paix à la terre et gloire aux cieux !

C'est l'heure de la délivrance
Qui nous promet des temps meilleurs;
Chantons un hymne d'espérance :
L'hymne de paix des travailleurs !

Que du fer l'œuvre meurtrière
Cède la place à nos travaux !
Aux préjugés crions : arrière !
Plus d'ennemis, mais des rivaux !

Qu'un souffle puissant nous anime
De grandeur et de liberté !
Salut au vainqueur magnanime
Qu'on nomme la Fraternité !

Trêve aux combats ! plus de conquêtes !
N'en gardons que le souvenir !
Loin de la foudre et des tempêtes,
Dieu nous conduit dans l'avenir !

XII

Non, nous ne sommes pas les jouets d'un vain songe !

Ce qui n'est aujourd'hui qu'un radieux mensonge

Demain, sera pour nous la simple vérité :

Le rêve aura fait place à la réalité.

Le siècle qui grandit dans sa course rapide

Découvre à nos regards un ciel toujours limpide ;

Un horizon nouveau surgit à chaque instant ;

Et l'ombre du passé s'efface en nous quittant.

L'esprit humain s'élève aux régions sereines

Où la paix, la justice, habitent, souveraines,

Nous voyons, devant Dieu, tous les peuples s'unir ;

Le monde transformé semble se rajeunir.

Étalant désormais sa plus riche ceinture,

La terre s'embellit des dons de la nature.

Art, science et travail, soleils resplendissants,

Vos rayons font grandir ses germes renaissants ;

Vous éclairez la voie aux conquêtes fécondes,

Et vous faites partout mûrir les gerbes blondes !

Voici les jours de gloire et les jours de grandeur !
De leur naissante aurore apparaît la splendeur !
Des siècles écoulés secouant la poussière,
L'humanité revêt son manteau de lumière ;
Et l'on voit à son front plein de sérénité
L'étoile de la paix et de la liberté !

POISSY. — TYP. ARBIEU, LEJAY ET CIE.

POISSY. — TYP. ARBIEU, LEJAY ET CIE.

9 782329 151861